靈感無限

黃友玲 ◎ 文集

我在這裡等待 —— 序

我在這裡等待

等待有人來

分分秒秒過去

我仍然堅持等待

雖然我不知道究竟有誰會來

或者根本無人知道我在等待

　　這是愛爾蘭劇作家兼小說家貝克特（Samuel Beckett）的代表作品《等待果陀》（Waiting for Godot）的精神寫照。他是當代最有名的荒誕劇作家，他的作品整體說來，想要表達的只有一件事，那就是：人永遠無法確定任何事。《等待果陀》在1953年演出，當時便讓所有的觀眾及評論家感到一頭霧水，不知道作者要傳達的是什麼意思。

　　整齣劇就是兩個流浪漢艾特拉岡（Estragon）和佛拉迪米爾（Vladimir）的荒誕對話。

　　艾：「我們現在在幹什麼呢？」

　　佛：「我也不知道。」

　　艾：「那我們走吧。」

　　佛：「不能走。」

　　艾：「為什麼？」

　　佛：「因為我們在等待果陀。」

　　這個神秘的果陀曾經答應他們會來，但是日復一日，年復一年，

仍然沒有來。他們只有不斷地等待。想走嘛，又不甘心；留下來嘛，又不知等到何時，於是日子就在這樣無聊單調的等待中耗著。作者的劇作嘎然而止，留下無盡的深思，似乎對自古至今所有的人類發出一聲狂笑：愚笨的人啊，永遠在一種未知的景況中蹉跎，原地踏步，自以為聰明，事實上卻什麼也把握不住。

讓我們來想想，我們的人生果然是以一連串的等待組成。小的時候，等著長大；長大了，等待婚姻。等到有了婚姻，等待生兒育女；等到有了小孩，又等待小孩實現自己的夢想。而當一切的美夢成真，或是落空之時，人已垂垂老矣，於是又等待著死亡。作為宇宙之間唯一知道自己將要走入死亡，卻又無計可施的生物，死亡又是太可怖了。人們不知道死亡之後將是怎樣的世界，於是，掙扎的掙扎，嘶吼的嘶吼。人們在一連串的等待之後，已經是面目可憎了。

而最糟糕的是該來的還是沒有來，人們在無盡的等待裡，麻木枯槁。但還是堅持要等。

另一個嚴重的問題是，如果所等待的是一個錯誤呢？那麼所有的引頸與盼望都必要成空，那又是何等地悲哀啊。

著名的詩人鄭愁予寫過這樣的一首詩，詩名就叫做《錯誤》：

我打江南走過

那等在季節裡的容顏如蓮花開落

東風不來，三月的柳絮不飛

你底心如小小的寂寞的城

恰若青石的街道向晚

跫音不響，三月的春帷不揭

你底心是小小的窗扉緊掩

我達達的馬蹄是美麗的錯誤

我不是歸人，是個過客……

詩意美極了，卻怎麼也掩不住悲劇的意味。一個女人，等待著一個男人。當小小的窗扉為他而開過後，他竟然說：「我只是個過客，不是歸人。」試想，對那女人而言，真是情何以堪啊！

我們的人生只有一次，若是所待非人，連NG的機會都沒有，一切都付諸流水了。

生命若是如存在主義大師們所說的，荒謬！荒謬！都是荒謬！那麼人活在這個世界上究竟是為了什麼呢？我們生命的意義何在？我們的盼望究竟是什麼？

人可以追求功名利祿，可以追求青春美麗，可以追求智慧聲望，但當我們鼻子裡那口氣沒了，這一切可真的有意義？人不是豬狗，我們從來就有永恆的概念在我們心裡，我們究竟該追求什麼？等待什麼？

令人難以置信的是，當我們正在探討我們該等待什麼之時，有人正在等待我們。

歷史上所有的教主都死了，他們和我們一樣，都被框在生死的架構裡，逃也逃不掉。卻只有一位，死了，又從死裡復活。他，就是耶穌。

施洗約翰曾經從黑暗的牢獄裡發出這樣的疑問，他說：「那將要來的是你嗎？還是我們等候別人呢？」

聖經記著：「正當那時候，耶穌治好了許多有疾病的，受災患的，被惡鬼附著的，又開恩叫好些瞎子能看見。耶穌回答說：你們去把所看見所聽見的事告訴約翰，就是瞎子看見，瘸子行走，長大痲瘋的潔淨，聾子聽見，死人復活，窮人有福音傳給他們。」

走過歷史的長廊，這個回答不知震撼過多少人的心靈，不知真實地應驗在多少人的生命當中。是的，耶穌說：祂就是那一位。就是我們生命該殷殷期待的那一位。祂不會叫我們失望，更不會使我們的人生走岔。

耶穌基督等待著向我們施恩。祂說：「看哪，我站在門外叩門，若有聽見我聲音就開門的，我要進到他那裡去，我與他，他與我一同坐席。」

不是我們等祂，而是祂在等我們。這樣一位慈愛的主，默默地在我們的生命轉角等著，等待有一天，我們會打開心門，伸出雙手，迎接祂進入我們的生命，使我們的生命有意義，有方向，有盼望。

命運來叩門

　　貝多芬的「命運交響曲」人人耳熟能詳，不僅演奏次數居世界第一，它的聲望與受歡迎的程度也是首屈一指的，稱為「永恆的交響曲」絕不為過。

　　關於「命運交響曲」的創作動機，根據貝多芬的多年密友辛德拉所說，貝多芬曾經向他這樣說過：

　　「命運來敲門的聲音就是這樣！急促且毫不留情！」

　　因此這首交響曲被命名為「命運交響曲」。貝多芬使用「三短一長」的音符，彷如命運敲響大門，如急雷乍響，聞者無不驚心動魄。作者生命的怒吼，在c小調的和弦下，顯得那麼緊繃。隨著一個個樂章的進行，主題在第四樂章衝破小調的陰鬱，由銅管奏出響亮且開朗的勝利旋律，代表著貝多芬的人生觀，他的音樂永遠朝向光明的一面。最後整首交響曲在極其輝煌燦爛的和弦中結束。

　　所以，整體看來，「命運交響曲」的第一樂章是燦爛的快板，表示殘酷的命運突如其來，常是在人生鳥語花香時刻，人根本無從逃

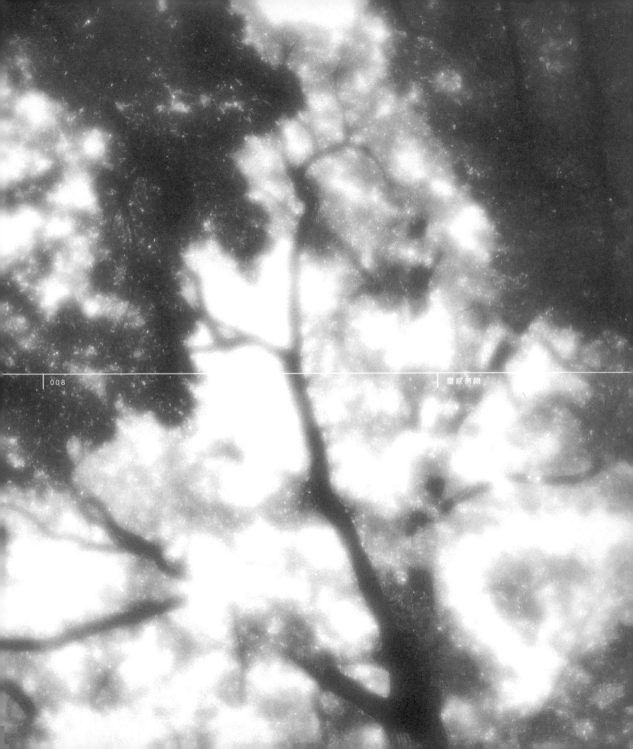

靈寂無限

避，但人類的「精神力量」卻依然向命運挑戰。

第二樂章旋律優美，好像是讚美與安慰、希望與和平的樂章。

第三樂章描述人類勇於向命運對抗的雄心，有一種「勝利的感覺」。

第四樂章是快板，一種壓倒性的生命力，正是迎戰命運的決心，洋溢著歡喜的情調。

在實際的生活裡，貝多芬的聽力從二十八歲就逐漸退化，這使他墜入痛苦的深淵，在一種全然寂靜的恐懼裡，他迎戰命運，用心靈譜曲，創作了許許多多壯闊雄渾、美麗動人的樂章，他正以他自己的生命譜寫出他自己的「命運交響曲」，聆聽之餘，怎不令人敬佩景仰？

原來聽障不能轄制生命的雀躍，外在形體的虧損無法遮蓋生命的光輝。正如聖經所說：「所以我們不喪膽，外體雖然毀壞，內心卻一天新似一天。我們這至暫至輕的苦楚。要為我們成就極重無比永遠的榮耀。」

貝多芬以生命見證了靈魂的寶貴，以音符敲響了人類企盼永恆的夢想。

有一天，若命運來叩門，我們也可以凱歌高唱得勝的樂章！

人生蒙福的祕訣

法蘭西斯所寫的禱詞：

「主啊！讓我作你和平之子，

在仇恨的地方播下慈愛，在有傷痕的地方播下寬恕，

在有疑慮的地方播下信心，在絕望的地方播下希望，

在黑暗的地方播下光明，在悲傷的地方播下歡樂。

喔，主啊！讓我不為自己求，但求安慰人，不求人安慰；

但求原諒人，不求人原諒；但求關心人，不求人關心，

因為在給予時，才會有所得，在寬恕時，才得人寬恕，

在喪失生命時，我們才會得著永生。」

　　這篇禱詞歷世歷代以來不知幫助過多少人度過人生的難關，在生命的低谷，在生命的轉角處，因著這篇禱詞掌握了正確的方向，發現了人生的真理，因此可以昂然無懼，闊步向前。

　　人與人之間難免發生摩擦，難免產生仇恨，難免留下深深的傷

痕，眼淚是流不盡的，怨言是發不完的。但我們當思想，我們是那個傷害者呢？還是安慰者？是那個拆毀者呢？還是建造者？

　　法蘭西斯說，我們若是懂得先注意別人的需要勝過我們的需要，我們若是能捨棄自己的利益，凡事以別人為重，那麼我們所得到的，將是最寶貴的禮物，就是永遠的生命，就是上帝的獎賞。

　　聖經不是這樣告訴我們嗎？「施比受更為有福。」一個有福的人是一個常常「給」的人，而不是常常「要」的人。

人間世・神子情

　　神不但以道成肉身的方式來救我們，祂更喜歡用人體來告訴我們祂的心意。

　　祂說，就是你們的「頭髮」也都被數過了，所以不要懼怕，你們比許多麻雀還貴重！

　　耶和華必環繞我們，看顧我們，如同保護眼中的「瞳人」。

　　祂應許義人雖失「腳」也不至全身仆倒，因為耶和華用「手」攙扶他。

　　祂囑咐祂的百姓：這要在你「手」上作記號，在你「額」上作經文，因為耶和華用大能的「手」將你們從埃及領出來。

　　論到天地的創造，神幽默地問道：誰曾用「手心」量諸水，用「手虎口」量蒼天，用升斗盛大地的塵土，用秤稱山嶺，用天平平岡陵呢？

　　祂愛我們，甚至信誓旦旦地說：我耶和華——你的神必攙扶你的「右手」，對你說，不要害怕！我必幫助你。造「耳朵」的，難道自

靈感無限

己不聽見嗎？造「眼睛」的，難道自己不看見嗎？

耶和華的「眼目」看顧義人，他的「耳朵」聽他們的呼求。

因此詩人如此禱告：我的心哪，你為何憂悶？為何在我裡面煩躁？應當仰望神，因他「笑臉」幫助我。

每逢想起這位神是這樣一位有人情味、有憐憫心的神，祂放下身段，虛己取了人的樣式來到人間，與我們一樣，凡事受過試探，只是祂沒有犯罪，我們就知道祂完全能體恤我們的軟弱。

祂也曾和我們一樣會痛、會流淚，會累、會灰心，客西馬尼園裡的禱告就是最好的例子，那時祂心裡憂傷，幾乎要死！祂的汗珠如大血點，滴在地上！耶穌基督是百分百的神子，也是百分百的人子，因此祂說，我們可以儘管到祂面前來，祂願意成為我們隨時的幫助。

神用人體的頭髮、手腳、眼睛、耳朵、額頭、臉日來表明祂對我們的愛，是何等地親切，彷彿祂就在我們眼前，祂的聲息清晰可聞，祂的笑容如是燦爛，這位神，是怎樣的一位神啊！

上帝，我的「超麻吉」朋友

新聞報導：某國中生得了血友病。他回顧生命時，說：

「友誼是生命中遇到困難時最好的良藥，尤其是我們這些身體有缺陷的人，更需要朋友的幫助。」

他還說，小時候上幼稚園，常常覺得自己跟別人不一樣。因為出血打針方便，總是帶著針管上學，所以老師給他一個外號叫「洛克人」，雖然那時覺得自己很酷，但是心裡覺得很不舒服。

有一天他到學校，忽然發現每個同學都帶了假針管在手上，他嚇了一跳，老師說：「我們並不會因為你手上的東西，就認為你是異類，反而因為這樣大家都覺得你很酷。」

從此以後這個男孩每天都高高興興地去上學，他非常慶幸他有這些「超麻吉」的朋友。

人生真的很需要好朋友。生病的人需要，健康的人更需要，因為你不知道你什麼時候需要人向你伸出援手。

而主耶穌正是朋友中的朋友，祂說：「人為朋友捨命，人的愛心

沒有比這個更大的。」祂為我們捨了性命，為要賜給我們全新的生命。不但如此，祂隨時隨在樂意扶持我們，人的幫助或許讓人感覺溫暖，神的幫助卻讓人感到驚喜。人的幫助常會受到時空限制，神的幫助卻是無遠弗屆，無孔不入。何況祂有豐富的智慧，祂的蹤跡無可尋覓。倚靠這位又真實又慈愛的神，讓人面對生命的陰晴圓缺，毫無懼怕。

　　耶穌，這位「超麻吉」的朋友，正等待我們呼求祂。

心靈「靜音區」

　　任何地方，我們都可以看見人們手持電話講個不停，唉，我們實在是太忙了。還有五花八門各種電子設備，如遙控器、無線電裝備等，這日趨進步的人類世界多的是我們看不見的訊號，這使得無線電天文學家越來越難以回視宇宙起源。

　　為了解決這問題，經濟合作發展組織廿九個會員國的科技部長已經決議在地球某處開闢一座巨大的天文公園，成為所謂的「靜音區」，不准任何形式的無線電傳送，好讓無線電天文學家安靜地聆聽尋找宇宙群星出生狀況的訊息。

　　他們總是抱怨這世界的訊號太多，使他們無法工作。這些雜訊包括來自電視和無線電發射器的訊號、軌道衛星的訊號，還有最麻煩的行動電話訊號。

　　若是這計畫成功，無線電天文學家就可以從遙遠的銀河收集無線電的訊號，將之匯成影像，這對於人們瞭解外太空有著無比重大的意義。

靈感無限

其實，認識外太空的危機，同時也讓我們瞭解內太空的問題，我們的心靈就是我們的內太空，我們的內太空也充滿了各種吵雜的訊號：別人對你說話的聲音，人與人的對話記錄，大量的新聞綜藝節目聲響，各種顏色各種符號的畫面，曾經有過的傷痕血跡，令人扼腕的錯誤決定，昨天前天大前天過去的記憶庫，今天明天後天未來該完成的工作清單……，我們的心可有一時刻的安寧？總是慌亂著，空轉著，悔恨著，或是迷惘連連……？

聖經上有一處經文這樣提醒我們，我們若「常侍立在神面前，聽神智慧的話是有福的！」因為，神要親自引領我們，告訴我們「或向左或向右，必聽見後邊有聲音說：『這是正路，要行在其間。』」

我們需要這樣的心靈「靜音區」，好讓我們的人生不會迷失在吵雜的訊號裡，聽得見上帝慈愛引導的微小聲音，行在正路間。

誰是真正的富人？

　　五十七年前，一名正值青春的護士來到台灣，她是一個美國人，名叫鄧璐德。來到台灣不久，她便加入了當時人人聞之色變的痲瘋病人照顧的行列，她的愛心與耐心令人印象深刻。後來她還索性搬進病院裡與病患住在一起，就近照顧他們。

　　民國三十九年，她利用日本時代留下的舊醫院成立了雲嘉南地區唯一的一所專門照顧痲瘋病人的醫院，取名為「臨安痲瘋照顧中心」。

　　她一邊照顧病人，一邊傳揚福音，不少人因此得以認識耶穌基督。後來，她嫁給了一個台灣人，林澄輝先生。兩人同心奉獻，出錢又出力，服務社會，不遺餘力，先後捐贈多筆土地，興建教會和托兒所。

　　近來，他們兩人更決定將自家土地捐獻出來，以興建老人安養中心。

　　人們問她，以八十八歲的高齡，膝下無子無女，又把一切積蓄、

土地全部奉獻，難道不擔心自己年老無人照養，無錢可用嗎？

她笑著搖搖頭說：「我覺得自己很幸福，什麼也不缺，只要知足快樂，上帝會安排一切的。」

我看到這則新聞，相較於最近看到台灣幾個著名大財團相繼發生經營危機，甚至有財團負責人逃之夭夭，將爛攤子丟給家人，丟給社會，只求自己苟活。這樣的人已經尊嚴盡失，更遑論社會大眾對之憤慨與不齒。

大財團呼風喚雨，叱吒一時，人們多麼羨慕，榮華富貴，享用無盡，他們標榜他們很有錢，也很會賺錢。但是也許某一天，忽然之間，破產了，債台高築，不但自己無力承受，還會牽累別人。

但這裡有一個人，只是一介弱女子，卻不斷地給錢，她不斷地給，給，給，盡心盡力幫助人，貢獻於社會大眾，但她卻從來沒有匱乏，這種算術，人間大約無幾人懂得。

其實，耶穌早就告訴了我們這種不同凡響的算術：「凡要救自己

生命的，必喪掉生命，凡為我喪掉生命的，必得著生命。人若賺得全世界，賠上自己的生命，有什麼益處呢？人還能拿什麼換生命呢？」

看來，鄧女士深諳這種「捨即得，給就有」的生命真理，因此她活得那麼快樂，從永恆的角度來看，這才是真正的富足吧。

上帝的部落

　　司馬庫斯（Smangus）是台灣最後開發的原住民部落，屬於泰雅族，位於新竹縣尖石鄉，在雪山山脈雪白山西南稜線上，鄰近新竹、桃園、宜蘭三個縣，海拔1500公尺。據說，許多年前是由一位名叫馬庫斯（Mangus）的領袖率領隊伍來到這裡落腳，就此建立了部落，後代子孫為了紀念他，便將這部落取名為「司馬庫斯」，此乃尊稱。

　　這地方是全台灣最晚供應電力的地方，遲至一九七九年才有供電。對外道路也直到一九九五年底才開通。

　　如今它儼然成為台灣觀光地點新寵兒，那裡的天藍得像海洋一般，陽光灑在竹林裡，如夢似幻，重要景點有吊橋，有巨石，有瀑布，有古堡，還有溫泉和神木群，叫人目不暇給。

　　司馬庫斯被人稱為「上帝的部落」，不但因為它處處美景，彷如世外桃源，更因為其族人信仰的改變，根據耆老說，過去部落的祖先很尊重一種叫Siliq的鳥，人們要出門前，如果Siliq從上往下飛，發出嘎嘎的叫聲，就是叫大家不要出去，是大凶；但如果出門時有一大

至誠無息

群Siliq發出哈哈的叫聲，那就表示諸事吉祥，可以出去。如果族人不聽鳥的指示而出門，出門後可能會肚子痛，或是碰到各種困難。不過現在完全不一樣了，他們信了基督，人們出門時如果看到Siliq往下飛嘎嘎叫，族人就會宣告說：「雖然前方有魔鬼阻擋，可是上帝會保護我。」然後一樣出門去。

我想起聖經裡的一段經文來：

「耶和華說：『我知道我向你們所懷的意念是賜平安的意念，不是降災禍的意念，要叫你們末後有指望。』」

身為上帝的兒女就有這樣的應許與保障，他們出他們入，總是有上帝無微不至的保護。即或遇到困難，也能化咒詛為祝福。這樣想來，上帝的子民是世界上最幸福的人了。

怎麼得著這樣的幸福呢？其實很簡單，就像司馬庫斯的族人一樣，從心裡真誠地相信上帝就可以了，上帝必然垂聽我們的禱告，住在我們的心裡，每一天引導我們。

打造第二人生

　　是否常有這種感覺：

　　總覺得自己的人生有些憾恨，有些不足，看別人飛黃騰達，功成名就，光鮮亮麗，活得多采多姿，總是禁不住偷偷這樣想著，如果我的人生可以再來一次，我就一定要如何如何……。

　　網路在這時代，已經翻天覆地改變了許多人的生活，現在甚至可以開啟人們嚮往的「第二人生」。美國一家網路公司，設計了一個叫做「第二人生」的軟體，非常受歡迎，這種軟體讓參與者在3D世界裡面，化身成為「夢想中的自己」，打造「第二人生」。

　　在這個第二人生虛擬世界裡，有精彩的夜世界，有愜意的田園生活，有便捷絕不塞車的新天地，一切都按照你的夢想實現。

　　我想，夢想是人人皆有，各人可以努力經營，築夢踏實。偶爾在虛擬世界裡遨遊一番也無可厚非。只是對自己目前現實的不滿，對自己人生的不滿足，卻會影響到我們的心情、思想、生活，甚至人際關係。輕者，怨天尤人，憤世嫉俗；重者，成為憂鬱症患者，造成生命

與生活嚴重虧損，也成為家人親人的重擔。

　　智慧如耶穌早就已經料定了這事，祂藉著詩人的筆寫著：「人算什麼？你竟顧念他，世人算什麼？你竟眷顧他？……你賜他榮耀、尊貴為冠冕，並將你手所造的都派他管理，叫萬物都服在他的腳下。」

　　人的自我形象與自我成就感不佳是我們自卑的主因，我們覺得自己一事無成，一無是處，簡直是糟透了！因此我們終日活在悔恨與遺憾之中，無法自拔。

　　主耶穌卻說，祂是顧念我們的，不但如此，祂還將永恆的榮耀與尊貴賜給我們為冠冕，甚至指派我們成為管理者，手中握有大權。這一切恩寵讓人明白：上帝的兒女有尊貴、榮耀和權柄，並非這世界所能給予。只要我們願意，上帝必定眷顧，我們的每一步都可以交在祂手中，祂必導引。這樣的人生必定滿足感恩，不是完美，而是超完美！

因有一嬰孩為我們而生

那是一個禮拜天的早晨，我做完禮拜，就和坐在附近的她聊了起來。我才一開口，她就紅了眼眶，幾乎淚下。

「阿芳」和我年紀相仿，即人們所謂的「外籍新娘」。如花年華，她經人介紹，嫁給台灣郎，當時鄰里多麼羨慕，一則解決了家裡經濟的問題，一則可以出國嫁到台灣去，過他們所想像的「榮華富貴」的生活，大家都說「阿芳」好幸福。

「阿芳」的確也過了幾年好日子，丈夫體貼，也沒有公婆同住的問題。她覺得她找到了人生的幸福。誰知就在她懷孕生子後，丈夫性情大變，常因孩子夜裡哭鬧，影響他的睡眠而大發脾氣。再加上她丈夫工作的關係，認識一些酒肉朋友，常常喝得酩酊大醉才回家，回家後就對阿芳拳腳相向，阿芳全身傷痕累累。

舉目無親，求告無門，阿芳真是生不如死。直到一天下午，她帶著孩子在公園裡散步，恰巧遇見了教會的福音隊，聊起來，阿芳立刻就決定要來到教會看看，她要來看看這個世界是否仍有真愛。

教會裡的弟兄姊妹待她極好，就像是一家人一般，她決定相信耶穌，將自己的一切都交給祂管理與帶領。這以後的每個禮拜天，一早她就帶著孩子到教會，反正丈夫總是睡到日上三竿，她就是要來認識耶穌。

婚姻暴力的問題並未立刻解決，丈夫的拳頭仍是她的夢魘。但她的心裡卻因有了耶穌，而有極大的不同。雖然有眼淚，但她不再沮喪，她相信主耶穌一定會救她，一定會帶領她走過婚姻的黑暗。

「但那受過痛苦的，必不再見幽暗。……在黑暗中行走的百姓，看見了大光，住在死蔭之地的人，有光照耀他們。……因為他們所負的重軛，和肩頭上的杖，並欺壓他們人的棍，你都已經折斷。……因有一嬰孩為我們而生，有一子賜給我們，政權必擔在祂的肩頭上，祂名稱為奇妙、策士、全能的神、永在的父、和平的君。」這是上帝的安慰與保證。祂知道我們太苦了，於是祂差遣祂的愛子耶穌基督來，拯救我們脫離一切的黑暗與咒詛，祂要我們在祂的光裡行走。

找神明看病

　　中國人向來喜歡到廟宇去求藥籤，程序和到醫院去看診類似，首先必須告知神明你的個人資料及病症，然後擲筊確定籤號，籤上就有處方，詳細寫著藥材、份量及服法。

　　有些廟宇的藥籤還細分婦產科、內科、外科等，就像是一間小診所。

　　這種作法據說起源於道教符籙派，最常見於供奉保生大帝的保安宮，然後逐漸流傳到其他廟宇，估計全省已經有數百家廟宇宣稱其中供奉的神明可開處方治病。

　　但服用神明所開處方，結果差點中毒死亡的事件時有所聞。宜蘭就有一個人因為罹患癌症，找遍了中醫西醫，遍嚐各樣偏方，仍不見好，最後只有求助神明的藥籤。結果，神明開的藥方裡含劇毒的八角蓮，按「指示」服用之後，竟然差點一命嗚呼。

　　事實上，這些廟宇開出的藥方常有劇毒食物，如牽牛花、蔓陀蘿、牛背、蒼蠅、膽星、水蛭等。這實在令人無法置信。

035

想想，如果這些信徒所相信的神明是真的，怎麼會有如此不可思議的事發生？求病得治，反而因此中毒身亡！這一方面反映出人們在極度的病痛中走投無路的苦況，是那麼絕望，那麼無助，於是病急亂投醫；另外，我們也看出神明之真偽，若是真的神，怎會如此烏龍？不但不能治病，還「賜下」毒藥！

　　聖經裡有一段話是這樣的：

　　「他們在苦難中哀求耶和華，他從他們的禍患中拯救他們，他發命醫治他們，救他們脫離死亡。」

　　這位耶和華是真神，他非常明白我們各人的景況，不需登記掛號，不需講明症狀，祂都知道，祂樂意醫治我們，或透過祂的手，或透過醫生，祂必叫我們得醫治。祂不是擺烏龍的神，我們可以全心信靠祂！

美麗的達娜伊谷

在南台灣嘉義縣阿里山鄉有一條非常美麗的溪谷，名叫達娜伊谷，據說在當地原住民鄒族的語言裡，「達」是忘記之意，「娜」是憂愁，「伊谷」是地方。所以「達娜伊谷」就是「忘憂谷」的意思，因為那地方太美了，以致凡人到了那裡，便忘卻了一切的憂愁。看那清澈見底的溪流，魚兒在水裡自由悠游，兩岸茂密的森林，以及繽紛的花朵，空氣中彷彿聽見風，聽見雲，聽見山，聽見葉落。

這樣的地方不知吸引了多少塵世的人造訪。我們實在是太忙了，我們的心靈積塵已久，多麼渴望在大自然的懷抱裡洗滌淨盡，以便能重新得力。

上帝也知道我們的困境，因此大自然就是那麼唾手可得，只要我們走出去，親近它，在廣袤的大地裡，上帝隨時願意聆聽我們的禱告。正如詩人所讚嘆的：

「諸天訴說神的榮耀，穹蒼傳揚他的手段。這日到那日發出言語；這夜到那夜傳出知識。無言無語，也無聲音可聽。它的量帶通遍

靈感無限

天下，它的言語傳到地極。」

　　在天地的無聲裡，我們可以聽見上帝的聲音，那慈愛溫柔的聲音，撫慰著我們的靈魂，整理我們的思緒，調整我們的方向，裝備我們，使我們剛強。在人生各個階段裡，我們都需要上帝親自來加給我們力量。

　　美麗的達娜伊谷可以循地理位置找到，坐上火車，再換車輾轉上山。但當我們無暇出走時，我們是否也能擁有我們心中的忘憂谷，隨時可親近那位愛我們的神呢？

　　靜靜地，彷彿坐在溪邊，聽風，聽雲，聽山，聽葉落。

疾風追逐

　　二〇〇五年六月德國發生高速鐵路失事大災難，多數乘客當場死亡，事隔一年，這樣的教訓在寶島聽起來依然是這麼怵目驚心，因為我們也有高速鐵路，我們生怕同樣的悲劇未來也會在這裡上演。

　　回顧新聞，當時德國相關單位除了檢討技術面的失事原因之外，德國各界都發起了熱烈討論：追求高速已經儼然成為現代人的一種毒品，人們往往為了省下幾分鐘的時間，而冒了超乎利益千萬倍的風險，結果是爭取了時間，賠上了性命。

　　而且我們不難發現，人們利用科技提高了辦事效率與運輸速度，但弔詭的是：現代人更加沒有時間，生活更加忙碌緊湊。這種工業文明的價值病態已經日趨嚴重。

　　試問：我們追求的到底是什麼？我們原本追求的是更美好的生活，因此，我們無所不用其極地提高我們的速度，追求再追求，分秒必爭，巴不得一振翅飛上天。但當速度成為殺手時，我們賠上了生命，家破人亡，美夢盡碎。

所以，想一想，或者慢一點也無妨。慢一點，至少這口氣還在；慢一點，美夢還在眼前；慢一點，一切都還有實現的可能。總比高速地衝向山崖，高速地衝向海裡，粉身碎骨，飲恨黃泉要好。

　　難怪聖經說：「他不喜悅馬的力大，不喜愛人的腿快，耶和華喜愛敬畏他和盼望他慈愛的人。」

　　上帝還說：「你們得救在乎歸回安息，你們得力在乎平靜安穩。」

　　在這瘋狂追求速度的年代，上帝的話語在我們耳際迴響，可有人聽見而遵行？

　　還是在疾風追逐中喪失了一切所有？

真假貴族

英國有一名男子冒充伯爵二十三年，最近這個謊言終於被拆穿，他旋即被逮捕，並且被法院判處一年零九個月的徒刑。

事情是這樣的：一九六三年，當時擁有「白金漢伯爵」頭銜的一名男孩死亡，於是這名男子就開始使用「白金漢伯爵」這個頭銜到處招搖撞騙，過著貴族的生活。最近他使用假護照出國，這個假身分才被拆穿，因此被控偽造護照，判處一年零九個月徒刑。

但有趣的是，這名男子自始至終都堅決不承認自己冒充伯爵，也不肯說出自己真實的身分，因此法官還是摸不清他到底是誰。

所謂貴族，起於中世紀，分為公爵、侯爵、伯爵、子爵、男爵數種。而伯爵，通常是地方的行政長官，如郡首，由國王直接任命。公爵的委任者也稱為伯爵，權利甚大，尤其當他代表公爵時，常常由社會秩序的維護者搖身變成統治者，最有名的就是英國的安茹伯爵和法國的香檳伯爵。

貴族最看重的就是忠誠、榮譽與風度。他們的食衣住行也都非常

無限無限

講究。時至如今，二十一世紀，仍有人樂於以貴族自居，足見其浪漫風雅仍為人所深羨。雖然因著物質資源的發達及社會結構的改變，就算是一般的「平民」都有可能過著帝王至尊般的優渥生活，貴族一詞早就走入歷史，但就是有人還執意活在過去的夢幻與輝煌中。

對這位英國佬，我非常好奇。二十三年的時間並不算短，可能是大半輩子了。他究竟是如何度過的。他究竟是如何看自己、想自己的。每早梳洗，照鏡子的時候，他以為自己是誰？夜深人靜，他獨自面對自己時，他又是如何看待自己的？

貴族一向是世襲的，或是國王任命的，如果他是假貴族，他又如何面對自己真實的身分呢？

我正思想這問題時，又聽聞台灣某名人，常常誇耀自己全身上下都是名牌，出入轎車也非名車不坐。言下之意，像是以他的身分，不屑屈居尋常老百姓一流，是尊貴頂尖的族類。我不禁莞爾一笑，想這又是新時代另外一種貴族吧。

在尊與卑之間，我相信每個人都願意自己受人尊重。無人願意成為卑賤，被人踩在腳底。俗語說：「水往低處流，人往高處爬。」大家都希望自己能功成名就，受人景仰。我想那個英國人也是這樣吧，他一定試驗過，當自己說出貴族身分時，他人的眼光與態度怎樣截然不同。這支持他繼續頂替著這個冒牌貴族的意念，於是就這樣過了二十三年。其實，我憐憫他，他所做的是一件全人類都想做的事，即或，那是欺詐。

但是，兩千年前卻發生了一件事，是一位真正的貴族，降低自己的身分地位來到人間，甘願屈就平民身，甘願忍受風寒酷熱，甘願受人辱罵欺壓，至終祂被殺害，釘死在十字架上。這一切只為了愛。為了愛世上人，祂不計代價，以自己的生命代償古往今來所有人類的罪惡。

三天後，祂復活了，祂以死敗壞了那掌死權的惡者，好讓所有的人都可以因著信靠祂而脫離一切人性的咒詛，脫離黑暗的權勢。那

位貴族就是主耶穌。

　　祂貴為神子，卻屈為人子，且取了奴僕的形象。祂要我們因著祂，生命改變，身分改變。祂要從灰塵裡抬舉我們。使我們從奴僕變成兒女，從死囚變成王子，從平民變成貴族。按著聖經所說：我們是被揀選的族類，是有君尊的祭司，是屬神的子民。

　　人間的貴族頭銜已經褪色，但仍有人在追逐，可有人知道，有一種貴族閃耀著永恆的光芒，是上帝的兒女，是宇宙的王侯公爵。

記得穿上花襯衫

　　日前在台南有一位牧師過世了，他的追思禮拜別出心裁，訃聞設計可愛，據他家人說，他生前還諄諄交代：凡來參加他追思禮拜的人全部都要穿上花襯衫，大家開開心心地送他最後一程，因為他要到天上去和上帝過新日子了。

　　這位牧師姓林，他的女兒表示：這追思禮拜雖然是追思，其實也是歡送，因為我們相信，我們死後有永生迎接我們。

　　按照爸爸的指示，女兒把追思禮拜的邀請卡設計得又喜氣又有創意。內容特別交代：禁止親友穿著黑黑白白的衣服來赴會，也禁止大家「憂頭結面」。

　　面對死亡，是人生觀的嚴格檢驗，樂觀或是悲觀，勇敢或是恐懼，沒有指望或是歡喜等候，這時候一覽無遺，無所遁形。有人叱吒風雲，不可一世，死到臨頭卻卑微到跪地求饒，死亡是最可怕的殺手，不但殺人的身體，還善於拆除一切的假面具。

　　聖經上說：「死啊，你得勝的權勢在哪裡？死啊，你的毒鉤在哪

靈感無限

裡？死的毒鈎就是罪，罪的權勢就是律法，感謝神，使我們藉著我們的主耶穌基督得勝。」

主耶穌也應許說，祂會在天上為我們預備地方，我們只要緊緊跟隨祂，祂是道路，祂是真理，祂是生命，藉著祂，我們就能到天父那裡去。

這是林牧師的信仰，若非對永生有絕對的盼望，對這位真神有百分百的信靠，他不可能如此坦然。他相信耶穌說的：「復活在我，生命也在我！信我的人雖然死了，也必復活。」

所以他像辦喜事似地要求大家「記得穿上花襯衫！」

基督徒面對死亡，不須悲哀，全新的生活就要展開，大家怎能不為我慶賀？

清夢無限

　　輾轉難眠！對現代人而言，失眠已經是家常便飯。這雖然算不上重大疾病，但它帶給人們極大的痛苦，晚上睡不好，白天就精神不濟、昏昏欲睡、心煩氣躁。

　　國外研究發現，所有人口中，約有四分之一、甚至高達一半以上的人，有睡眠方面的困擾。根據台大醫院調查統計，國內約有二百萬以上的民眾有睡眠方面的問題。

　　人為什麼會睡不著呢？原因很多，大多與精神科疾病相關，如：焦慮症、憂鬱症、精神分裂症、躁鬱症、物質濫用。至於一些內外科疾病，像是心臟系統疾病、呼吸系統疾病、骨骼肌肉疾病、消化系統疾病等，也會造成失眠。所以專家建議，在了解失眠的原因後，對症下藥，並且努力建立個人睡眠衛生，學習放鬆技巧，適當運用協助入眠的小技巧。

　　想想，睡眠是一個人生命生活所有的動力來源，若沒有好的睡眠，長此以往，這人一定會在身心各方面走下坡，上帝創立世界時，

設立了黑夜與白晝，上帝的意思很清楚，活動有時，休憩有時，沒有好的睡眠品質，黑夜與白晝都會成為咒詛。

難怪詩人大衛有一篇禱告是這樣的：

「有許多人說：誰能指示我們什麼好處？耶和華啊，求你仰起臉來，光照我們！」以下他便信心滿滿地說：「你使我心裡快樂……我必安然躺下睡覺，因為獨有你耶和華，使我安然居住。」

足見「睡覺」這件事情的重要，它是祝福中的祝福，大衛告訴我們，我們若倚靠真神，必得這樣的好處。而這好處勝過醫師的千萬處方，勝過人間各樣睡眠治療，人一旦可以安然居住了，他的心便暢快了，他的生命便如炫麗的彩筆，可以自由揮灑。

一個日日與神親近的人，白晝可以享受祂的同在，夜來了，便在祂的懷裡，享受清夢無限。

理所不當然

　　我真的很質疑，為什麼許多人可以似乎睜一隻眼閉一隻眼地活著。

　　打從一大早起床，便把陽光當做是理所當然的贈品，只是瞅它一眼，便開始了忙碌的生活，這一天，輪流在冷氣間裡出入，壓根兒想不到外頭白花花的陽光。

　　「它關我什麼事？」就是這樣的念頭，我們從未想過這一天的來到是因為「日頭」降臨，我們不是說「日子」嗎？「日」不就是太陽嗎？

　　我們很少想到，我們若是失去了太陽，這地球根本是人間地獄，我們還活得成嗎？更別提注意到這一天太陽的動向，早上美麗的晨曦，中午亮麗的陽光，黃昏時浪漫的晚霞，我們是那麼容易忽略身邊動人的事物，越是平凡，越容易忘記它們的存在。

　　瑞秋卡森（1904-1964）是近代最偉大的自然作家之一，她最知名的著作《寂靜的春天》裡記著她親近大自然的經歷。

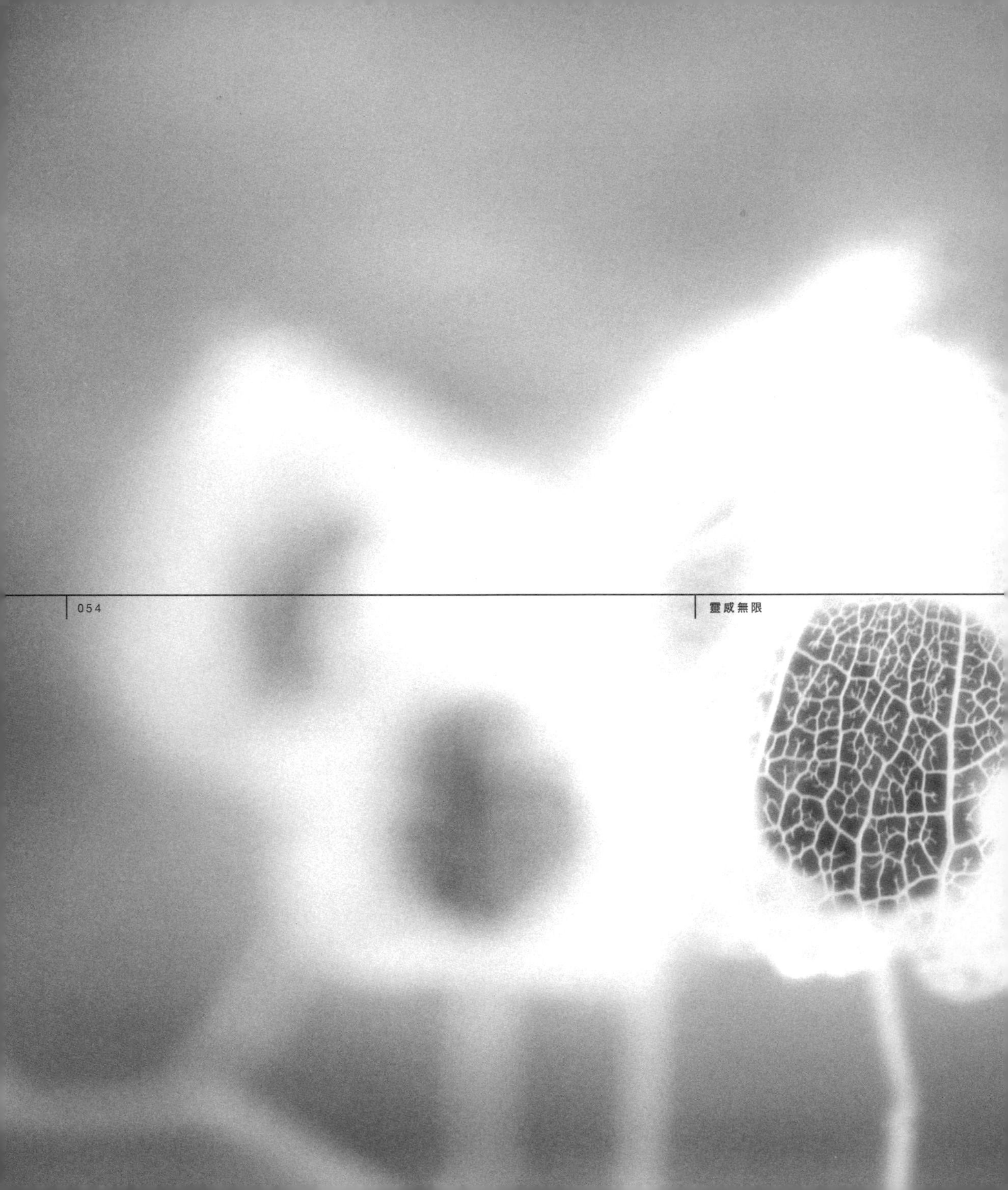

她寫著：「在一個咆哮的秋夜，我把二十個月大的姪兒羅傑包在毯子裡，抱到風雨將來的黑暗海邊。在那裡，在視覺終止的邊緣，波濤洶湧，浪聲如雷。我們倆忽然間相視而笑……，我想我們兩人都因為咆哮的大海和充滿野性的黑夜，而興奮得全身打戰。」

　　一個半百的婦人，一個稚嫩的嬰兒，卻不忘記刻意去欣賞大自然的奇景，並且為此激動不已。我們呢？忙碌是否已經使我們麻木不仁？

　　再說我們的健康吧。我們似乎從未注意到我們能呼吸也是一件了不起的事，「那有什麼？自然而然的，不是嗎？」我們總是這樣想著。

　　直到我們不小心去探視我們一個住在醫院的朋友，他躺在那裡，帶著呼吸器，那麼吃力地呼吸著，我們才稍稍警覺：好像呼吸真的是一件了不起的事。

　　但出了醫院，鑽入人群，我們又忘記了。我們從未為此感謝過

誰。也不曾思考過為什麼我們能這樣自然地呼吸，毫不費力。想一想，我們可以自由無礙地進行我們所有生活中偉大的計畫，不都因為「我們可以正常地呼吸」嗎？

　　好朋友懷孕了，或是我們自己有了小孩，我們也不曾仔細想想這一切的背後究竟是誰的美意？是誰在撮合一個精子與卵子的結合？是誰在暗地裡創造一個新生命？是誰在分分秒秒地趕工，成就全天下最奇妙的神蹟──一個嬰兒，帶著雙方父母的DNA，卻有著自己獨特的個性與思維，一個生命哪！一個全世界絕無僅有的孩子，他的指紋，他的面孔都是獨一無二的。

　　我們只是說說笑笑，接受恭喜，也恭喜別人，但是論起這個孩子，我們似乎總是覺得這生命的成就是天經地義的嘛，一個男人與一個女人同房，時機對了，就有了，事情就是這麼簡單。所以我們沒有必要去特別感謝誰，也沒有必要去特別在意這個孩子是怎麼來到這世界上的。「他」就是這樣來的嘛。而來了就來了嘛。有些父母會寶貝

他，有些則是嫌麻煩，彷彿這個世界多他一個不多，少他一個，也不少。

我只是想著，幻想著，有一天如果太陽不再升起，那個黑夜是永遠的沈淪；我們忽然間不能自由呼吸了，尋求空氣就像在水裡快要滅頂；我們不能再「製造」新生命，懷孕是件比登天還要困難的事。我們可能才會去思考這一切究竟是誰在掌權？是誰一直在大方贈送利多，而我們從不言謝？我們像是被寵壞了的孩子，因為一切來得太容易了，來得太「自然」了，所以我們變得這麼健忘，變得這麼無情。

誰知那位創造天地與生命的主宰，卻從不與我們計較，就算是我們謝錯了人，謝錯了神，祂似乎也不動怒，祂只是靜靜地等待，等待有一天我們會忽然間發現祂的好意，忽然間發現原來祂才是那位真神，原來是祂使我們的生命變美好，使我們幸福到以為這一切的一切都是理所當然的哩！

這嗓子，上帝吻過

已逝的帕華洛帝，曾被譽為世界三大男高音之首。他一九三五年出生於義大利北部，從特瓦音樂院畢業後，後來以一曲「波西米亞人」一炮而紅，自此展開輝煌燦爛的演唱生涯。

據說，一九六六年，他在一次歌劇演出前夕，指揮忽然間建議他不移調地唱完九個高音C的詠歎調「啊，朋友啊，這是慶典的日子」，帕華洛帝當場愣住了，只有硬著頭皮試試看，結果他竟然完美地唱完了那九個高音C，全體樂團團員起立瘋狂地鼓掌，從那以後，他便得了「高音C歌王」的美名。

除了歌唱的成就不凡之外，帕華洛帝總是給人親切熱情的感覺，所到之處萬人空巷，堪稱本世紀最受歡迎的男高音。有人說：帕華洛帝的嗓子是上帝吻過的，因為那音質如同黃金。

聖經上有一句話說：「我們原是上帝的工作。在基督耶穌裡造成的。」「工作」在希臘文有「精心傑作」的意思。原來我們都是上帝的傑作，我們的存在有上帝獨特的祝福，有深刻的意義，更有榮耀作

靈感無限

者的使命。

　　如果我們有靈巧的手指，如果我們有細密的心思，如果我們有美麗的文采，如果我們善於傳講表達，或我們善於領導組織，善於關心人安慰人……，這些都是了不起的恩賜，是上帝給的，要我們的生命可以為祂發光。

　　帕華洛帝的嗓子是那麼特別，人稱為「上帝吻過的」，那麼我們呢？我們的生命也是上帝吻過的，上帝的手指陶造我們，我們就是上帝的傑作，何不將我們的恩賜盡情發揮，讓人因我們認識耶穌，認識那位了不起的創造主，在人們嘖嘖稱奇之時，向他們顯揚上帝的睿智與巧思。

尋找青春泉

　　古道：「歲月不饒人」，現代人卻不向歲月低頭，誓死留住青春。

　　因此世界各大醫藥公司不斷投資大筆金錢，研發各式養生藥丸或藥膏，從除皺紋、補禿頭，到治心臟病和預防中風，種種都在滿足人們要活得久、活得好、還要活得年輕的需求。

　　例如原來為了治療心臟病而推出的錠劑「威而剛」（Viagra），卻意外發現可以強化性功能，這讓婚姻因為性關係出現危機的男女得見一線曙光，因此「威而剛」才一上市，該公司股價便扶搖直上。

　　另外針對五十歲以上男人多為禿頭所苦，業者推出一種促進頭髮回生的藥物，據說三分之二的服用者都可以長出自然的髮絲，這實在是「絕頂聰明」者的福音。

　　還有無論男女都注重的「面子」問題，業者也發現有一種來自維他命Ａ的物質能夠減少皺紋，這也使許多愛美者趨之若鶩。

　　人們拼命要抓住青春，這想來也無可厚非，誰願意看見鏡裡的自

己雞皮鶴髮，衰老不堪呢？只是我們用再多的藥物，只是與皺紋拉扯，與歲月拔河罷了，至終我們還是必須認輸，因為時光不能倒流，我們還是會歸回塵土。

聖經裡有一句話說得好，它說，信主的人「不喪膽，外體雖然毀壞，內心卻一天新似一天。」

我們這肉體數十寒暑便耗損老舊，但內心卻是一天新似一天，日子越久，內心越新。除皺膏不能使我們青春永駐，唯有信靠耶穌可以使我們整個人越來越美麗，越來越清新。

尋找青春泉的隊伍，從古至今綿延不絕，人們堅持要讓自己看起來年輕亮麗，但只針對外體，恐怕我們遲早還是會失望，真正的祕訣在那本古老的聖經裡，只有信靠上帝的人，可以保有永不衰殘的美麗。

傻瓜一族

什麼樣的人是傻瓜？

傻瓜是甘心被人誤會，也不願為自己據理力爭的人。

傻瓜是寧願自己吃虧，也要以對方的利益為前提的人。

傻瓜是常常忘記自己是誰，他的心只知道為他人流淚。

傻瓜是謙謙卑卑地服務他人，雖然人們以惡言惡行相向，他仍然堅持如此待人。

傻瓜是放下應有的尊榮，背起沈重的十字架，走上一條羞辱痛苦道路的人。

耶穌基督就是這樣的一個傻瓜，祂來到世界上，以世人認為卑微的方式出生成長，以世人覺得愚拙的方式行事為人，祂無佳形美容，也絕非權勢顯赫之類，祂安安靜靜地獻上自己，雖然攻擊祂的人高分貝地怒聲叫罵，耶路撒冷全城的人都瘋狂了，發毒誓也要置祂於死地。祂仍然選擇沈默地走上犧牲的道路，為古往今來所有人類的罪債付上代價。

靈感無限

當三根釘子在鐵鎚下應聲錐入祂的雙腳，當木頭被高高舉起在加略山上，當耶穌基督殷紅的血從十架上緩緩地流下來，這位專程造訪人類世界的救主，竟然釋然地說：「成了！」

祂的意思是：祂終於做成了這件事！

這是一種怎樣的愛？這愛是如此堅定，如此毅然決然，雖然世人是這麼不可愛，甚至到了可惡極了的地步，祂仍然愛，祂仍然願意為了拯救他們，付上自己生命的代價。

傻瓜的優良傳統一代傳過一代，主耶穌的諄諄教誨在屬祂的人耳邊依舊迴響：

「要愛你們的仇敵，為那逼迫你們的禱告。」

「凡為我喪掉生命的，必救了生命。」

如今在全世界各個角落，都有成千上萬的傻瓜，依循著這樣的教導，跟隨著主耶穌的腳蹤行。

主耶和華說，我的道路高過你們的道路，我的意念高過你們的意

念。因為十字架的道理在那滅亡的人為愚拙，神就樂意用人以為愚拙的道理拯救那些相信的人，這就是神的智慧了。

傻瓜一族仍在招募，你願意加入嗎？

落海的人

　　最近的一則新聞，在美國邁阿密外海，有兩名黑人翻船落難，怎麼呼救都沒人理，幾艘船經過，只是對他們揮揮手，就直駛而過，其中一人經過長時間的掙扎，心臟病發作死亡，另一人繼續呼救，後來又有船經過，這次他靈機一動，大喊：「我是美國人」，這才獲救。

　　獲救的這個人名叫華盛頓。他回憶說：「船翻得很快，我根本沒時間打電話。只是匆忙拿了救生衣和警笛，就落在海裡了。就在我們浮沈之際，有一艘船經過，但那船的人卻不理我們，我非常確定他們看到我們了，就算沒有看見，也聽見我們的警笛聲與哨子聲，我想他們大約以為我們是難民，所以置之不理。」

　　「我的朋友等不到救援，不久就因為心臟病發身亡。後來，又有一艘船經過，我大喊救命，他們竟然跟我揮揮手就直接開走，我簡直不敢相信。

　　「直到我在海裡泡了七個小時，見到有船經過，我立即大喊自己是美國人，這才終於獲救。」

067

華盛頓認為，所有的船隻都應該盡力救援落海的人，因為那是生死交關的事啊，不該有種族歧視，不該見死不救啊！

我看完這則新聞，不勝欷噓。想起主耶穌說的：

「兩個麻雀不是賣一分銀子嗎？若是你們的父不許，一個也不能掉在地上，就是你們的頭髮也都被數過了。所以，不要懼怕，你們比許多麻雀還貴重！」

人間竟有如此狠心荒謬的事，主耶穌卻不是的！祂非常看重我們每一個人，在祂的心裡，每一個人都是祂的寶貝，只要是人，都有他無可比擬的價值，以及不可替代的位置。祂愛我們，甚至用祂自己的性命去買贖我們。他對我們絕無差別待遇，也絕無有色眼光。他就是這樣愛我們。

落海的人深刻體會人間冷暖。

耶穌卻把我們每一個人放在心上。

預約光彩人生

．　這個時代什麼都要講求「預約」。

　　請人吃飯要「預約」，探望朋友要「預約」，看醫生、談公事、看表演、聽歌劇……統統都要「預約」。特別是在國外，你要做任何事，非經「預約」幾乎見不到人。想來可笑，現代人好像沒有今天，只有明天。

　　談起「預約」，聖經裡也有相關的真理。保羅剴切地說：「不要自欺，神是輕慢不得的，人種的是什麼，收的也是什麼。順著情慾撒種的，必從情慾收敗壞，順著聖靈撒種的，必從聖靈收平安。」

　　這也就是說，我們今天種的是什麼，明天就要收什麼。我們「預約」的是什麼，未來就要「成就」什麼。

　　對我們自己而言，今日我們若能殷勤儆醒、聖潔自守，在凡事上遵行神的旨意，那麼可預期的，我們必蒙大福，神必親自高舉我們，使我們尊榮昌隆、一無所缺。這是神所應許的，「少壯獅子還缺食忍餓，但尋求耶和華的，什麼好處都不缺。」

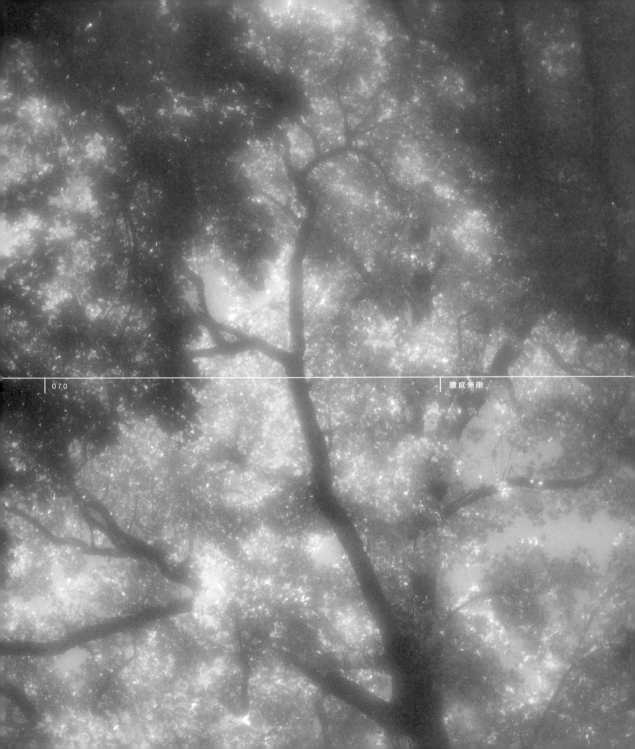

靈感無限

對別人而言，我們若向那些需要的人伸出援手，用愛心和信心幫助他們，我們的確是為他們啟動了「預約」的按鍵，他們的人生要因為你的付出，從黑暗進入光明，因著你，神必叫清晨的日光從高天照亮他們，將他們的腳引到平安的路上。

人生又好像是一塊畫布，畫筆就在我們手裡，端看你要揮灑什麼色彩。晦暗的、污濁的、沈悶的、無生氣的……還是明亮的、光彩的、耀眼的、震懾人心的……，上帝的救恩是白白賜給我們的，但其他的應許，是需要我們去支取的，認真執著的人就得著了。

何不為自己，也為別人預約一個光彩的人生？

墓園不夠用，大家不准死！

　　這是一則新聞，令人噴飯，也令人嘆息。

　　巴西聖保羅附近的一個小鎮鎮長提出一項法案，竟然禁止民眾死亡，因為當地的墓園爆滿了，再也不夠用了。

　　法案中還呼籲當地居民最好好好照顧自己的健康，免得生病過世觸犯法律！鎮長佩瑞拉說，這是為了抗議聯邦政府不准在保育區增建新墓園的錯誤規定。

　　一聽到這個消息，一名失業鎮民抱怨地說：

　　「我已經沒有工作了，身體也不好，現在他們卻規定我不准死，真是荒謬！」

　　乍聽之下，實在覺得這則新聞非常滑稽。有誰可以命令人不准死？死亡如龐然烏雲遮蓋全人類，從古至今，無一人能夠倖免。人人都活在「必死」的咒詛裡，不論年齡，不論身世，不論貧富，不論種族，每一個人都會死亡，時間地點方式各異，但就是一定會死。

　　這是為什麼存在主義的哲學家如卡繆、沙特等人多次描述死亡的

虛無，因為他們看出生命是毫無意義、毫無希望的。的確，若人沒有永生的盼望，生命只是一個笑話，一個冷笑話。

但在黑暗的長廊裡，耶穌基督卻給了我們一道曙光。

祂道成肉身來到這個世界，一步步完成他的救贖計畫，直到上了十字架，在極端的痛楚中，祂喊道：「成了！」祂以死敗壞了那掌死權的，將人類的命運完全改變，祂說：「信我的人有永生。」祂叫一切仰望祂的人可以笑看死亡，重獲新生。

下次復活節的時候，且讓我們思想在那個美麗的清晨，耶穌怎樣脫去了死亡的裹屍布，步出墳墓，迎向晨曦，從此你我都可以因著信靠祂，而擁有永生的盼望。

鳳仙花的聯想

　　我的花園裡滿佈著非洲鳳仙花，這是一種色彩繽紛、十分討喜的草花植物。

　　第一次見它，是在別人的院子裡，一時為之動容，世上竟有如此豔麗之花種！後來我有了自己的花園，立刻想要栽植的就是這種鳳仙花。

　　從花市興沖沖地買了回來，一棵棵種進土裡，一畦斑斕無比的花園就在眼前了。誰知春天去了，夏天來了，無盡的梅雨加上無情的暑熱，我的花園竟成焦黑一片，一棵棵辛苦種植的鳳仙花都香消玉殞了，留下的只是枯乾的枝條，夢想中的花園竟處處荒蕪。

　　經過修剪之後，本想東山再起，再買些花來栽種。但秋天的腳步近了，遲疑些日子之後，我竟發現奇蹟出現了。凡是我種過的地方，鳳仙花都重新活了過來，叢叢密密，生意盎然，不但如此，連我沒種過的地方，因著鳳仙花種子隨風播散的緣故，也都竄出了新芽，長出新的花朵，一時之間，我的花園裡，桃紅的、紫紅的、橙紅的、白的

靈感無限

和紅白相間的花朵爭相競妍，在秋天金色陽光的映射下，閃閃發光。

　　因著鳳仙花經死猶生的過程，我特別去查考相關資料，才知道原來這是一種非常強健的植物，凡種過的地方必定源源不絕地開花，而經風吹拂，種子落地，到處都能生長。

　　我想起了福音的大能。

　　在人類歷史上，耶穌基督的福音經過多少烽火摧殘，多少君主貴族矢志剷除福音，他們屠殺、滅種、搜索、撕裂，基督徒聚了又散，散了又聚，但他們的信心是打不倒的，他們的靈魂是殺不死的。福音的種子播下，就一定會開花結果，即或是經過災難，那強健的生命力依然能蓬勃發展，而種子的傳播也無遠弗屆，福音的信息無孔不入。

　　讓我們來回顧歷史，福音不但將整個羅馬帝國翻轉了過來，甚至改變了西方世界，也影響了東方。

　　誰說傳福音沒有用呢？誰說福音是沒有人要聽的呢？神的話語說：福音就是神的大能，要救一切相信的。

藍色星期一

　　近來看到一則新聞：根據統計，人們最常選在星期一自殺，平均每個星期一就大約有十四個人自殺身亡，比其他幾天都多出很多，這種現象值得我們思考，「憂鬱星期一」（blue Monday）的威力果然驚人。

　　衛生署統計室還指出，統計2001年至2005年台灣的自殺死亡人數，「憂鬱星期一」連續五年都是冠軍，相較之下，星期天最少人尋短，不到十個人。

　　臨床心理師認為，星期六、日因為大家休假不工作，心情上比較放鬆，而星期一必須重新面對工作壓力，若再加上別的因素，諸如婚姻、經濟、健康等因素，一旦調適不好，的確會比較憂鬱，若真的想不開，就容易走上自殺一途。

　　有人說，我們每一個人都是一座孤島，其實沒有人能夠真正地瞭解他人的心靈世界。誰承受著壓力，誰已經無法負荷，其實都難以判別，更別提去彼此分擔了。這是為什麼很多時候我們聽說某人忽然間

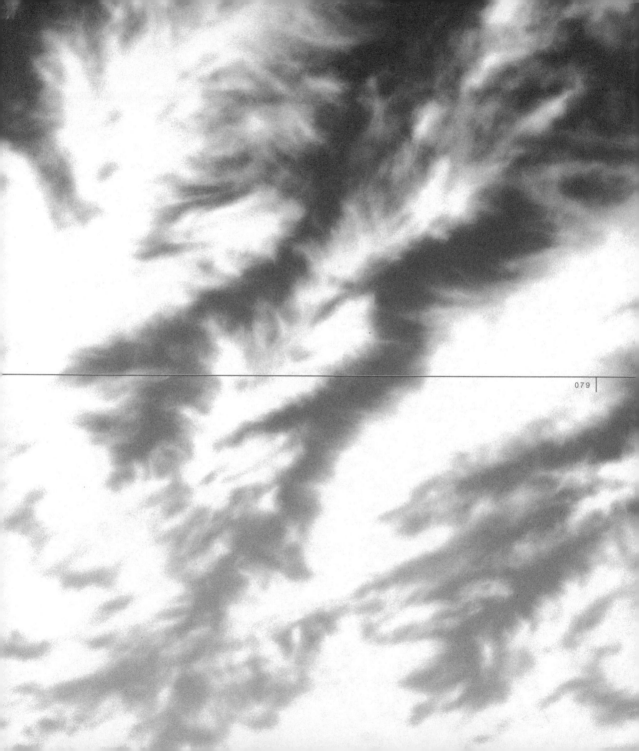

尋死，大家都錯愕萬分，覺得不可思議。

體貼我們的上帝早就洞見了這點，因此祂賜下如此應許，說：

「但那等候耶和華的，必從新得力。他們必如鷹展翅上騰，他們奔跑卻不困倦，行走卻不疲乏。」

祂知道我們在生活中承受的壓力，知道我們生命中有難解的結，祂明白我們的無助與孤單，瞭解什麼是「求告無門」，因此祂樂意幫助我們，只要我們來到祂的面前，支取祂的能力，必能如鷹展翅上騰。

「藍色星期一」代表的是憂鬱（blue）的日子，但我們還可以有一種選擇，就是選擇在「藍」天之上飛翔，就像是一隻鷹，扶搖而上，投向無垠的宇宙，擁有自由、喜樂，充滿能力的生活。

櫻花樹下的盛會

　　每一年春天，日本櫻花盛開時，日本人便喜歡在櫻花樹下一邊飲用美酒，一邊翩翩起舞，堪稱是年度盛事。

　　眼尖的生意人便伺機推出所謂的「櫻花祭美食節」，預備許多種精緻的日本料理，又在一道又一道的美食中融入春天繽紛的色彩，叫人食指大動，也體會何為「秀色可餐」。

　　我常想，春天年年皆有，飲食餐餐相似，但有一些人卻注意到了生命中的美麗，因此決定敞開心懷，盡情地享受在其中。這當然和北國的地理環境與天候有關，日本的櫻花盛開起來的確令人驚豔，但他們沒有選擇「盲目」，他們選擇了「讚賞」，因此有了所謂的「櫻花祭」，這「櫻花祭」夾雜著傳統與文化的魅力，讓每一個人浸淫在春天的豔冶中，安撫他們的心靈，使他們快活。

　　如果我們也能稍微注意一下，我們的春天也有櫻花，我們的四周也有浪漫之處。上帝絕不偏心，祂所設立的大自然處處有情，春花秋月，山高水長，有心人便能體會其中的奧妙與瑰麗。只是我們選擇的

靈感無限

是盲目，還是讚賞呢？

　　詩人說：「我觀看你指頭所造的天，並你所陳設的月亮星宿，便說：人算什麼？你竟眷顧他？……耶和華我們的主啊，你的名在全地何其美。」

　　詩人的眼睛「觀看」，他的心便禁不住「讚美」起來了。

　　讓我們試試看，從忙碌的生活中，抬望眼，看看上帝所造的這個美麗世界，用心體會生命的滋味，那是上帝的苦心經營，祂要我們享受祂的創造，感受祂的同在，就像是在櫻花樹下的盛會，美酒使我們痴醉，我們便翩翩起舞了。

鐵窗裡的春天

　　我的五叔長年住在美國，得到博士學位之後，進入全美知名的電腦公司擔任高級主管直到退休，雖是退休了，但是他忙於教會事奉，忙於關懷需要的人。

　　近來我接到他的一封信，一封關於他探監的信。

　　我好奇地逐字往下讀，心裡的澎湃無法言喻。我相信那也正是他探監時的心情。

　　他提到，一個禮拜天，他像往常一樣去教會作禮拜，之後他前往探視不遠處一所監獄。經過重重關卡，他得以和其中一些囚犯面對面地交談。

　　那裡的囚犯大多是年輕小伙子，而且是和他一樣是黃皮膚、黑眼珠的中國人。

　　他們為什麼會被監禁在那裡呢？原來他們都是偷渡客。他們在中國大陸時，為了想來美國這人人夢想的黃金國度，他們不惜與幫派掛勾，約定只要能把他們送進美國，他們必定償還佣金，即使那佣金額

度之高令人咋舌。

　　誰知來到這裡後，人生地不熟，又無正式身分，無法工作，根本沒有收入，黑道分子又苦苦追逼，他們只有鋌而走險，用各種非法的手段找錢，例如綁架、搶劫、偷竊等。

　　但法網恢恢，他們是怎麼也逃不了的。於是還沒來得及尋找夢想，他們就已被手銬腳鐐給圈了起來。鐵窗裡的歲月是那麼難耐，更何況他們被判的往往是相當驚人的酷刑。二十五年，五十年，七十五年，或是無期徒刑。對他們來講，這樣的數字簡直是令人頹喪，他們現在才二十出頭啊。人生還有幾個二十五年，五十年，更別提七十五年了。那沒數字的更慘，代表的是一輩子與自由無緣，這鐵窗就是你人生的全部。

　　這樣灰暗的日子，難怪他們常常嘗試自殺。五叔說，我並不怪他們。人生對他來講，是太無望了。但有人向他們傳福音，他們之中有人信主了。

　　有一個年輕人喜樂地說：「我的刑期雖然是七十五年，可是現在我有永生了。」

　　五叔問他，設想如果你在外面，過自由的日子，你是否會信耶穌？

　　他說：「一定不會。以我，如果我在外面，我絕對不會去思想永恆的事情。因此，我感謝上帝，讓我有機會能認識祂。」

　　因著信耶穌，這群監獄裡的年輕人對人生有了新希望。他們不再是苟活，而是歡歡喜喜地面對每一天了。

　　信末，五叔殷殷勸誡我們這些後生晚輩（這封信不只是寄給我，是寄給所有黃家後代的，是一封家書）：

　　「人生是禁不起犯錯的，在做任何事情以先，一定要三思，否則，一失足成千古恨，再回頭已是百年身了。」另外，他也勉勵所有接到這封信的人，若是還沒有相信耶穌，快點把握機會接受祂成為個人的主。「因為我們不知道明日如何。」「快將永生的錨放在耶穌基

督裡。」

　　鐵窗裡是沒有春夏秋冬的。因為那裡的人生是沒有色彩，沒有希望的。但是，在耶穌裡，卻有一群囚犯因著心裡有了真實的盼望，從此不再自怨自艾，因為上帝給了他們綠意盎然的春天，就在他們的心裡，是鐵窗擋不住的。

上帝也有見面禮

　　近來坊間有一本書，書名為《老師的十二樣見面禮》，作者簡媜女士提到她的兒子在美國上小學的種種趣事，其中最令她感動的是，兒子一開學，老師就送給他一個牛皮紙袋，裡面裝的不是檔案，不是作業，而是一些和學習似乎完全沒關係的東西，諸如橡皮筋，牙籤，金線，棉花球之類的東西。此外，還有一張粉色信紙，上面寫著級任老師的一番話。

　　老師說，她非常歡迎每位小朋友進入四年級，這個紙袋裡的東西，看起來可能有點怪，卻象徵一些重要訊息：

　　牙籤：記得挑出別人的長處。橡皮筋：保持彈性，每件事遲早都能完成。OK繃：受傷的情感是可以恢復的。鉛筆：別忘了寫下你每天的願望。橡皮擦：提醒你，每個人都會犯錯，沒什麼大不了。口香糖：堅持下去，就一定能成功。

　　棉花球：我們的教室總是充滿和善的言語與溫暖的感情。巧克力：當你覺得沮喪時，這會讓你舒服一些。面紙：幫別人擦擦眼淚。

金線：記得用友情把我們的心綁在一起。銅板：記得你是有價值而特殊的。救生圈糖果：當你需要談一談時，可以來找我。

文末，作者驚嘆地問：這牛皮紙袋裡裝的是一顆怎樣的老師的心啊？

對於一個懵懂的孩子，面對人生的教室，何其有幸能遇著這樣一位溫柔智慧的好老師！但這福分並非人人皆有，我們成長的過程可能艱辛備嘗，崎嶇難行。說不定一些深刻的傷痕至今猶存。

但在生命的大教室裡，有一位教師卻永遠等待著，祂也有一份見面禮要送給我們。「耶和華必然等候，要施恩給你們，……你的教師卻不再隱藏，你眼必看見你的教師，你或向左或向右，你必聽見後面有聲音說：這是正路，要行在其間。」

祂是我們一輩子的教師，隨時隨在指教我們，領導我們，必叫我們如飲甘霖，如沐春風。

天上的父親

父親節在即，卻聽見這樣真實的慘劇在人間。

台灣宜蘭縣一名三個月大的男嬰，父親和母親吵架，一時失控，將孩子打成重傷。小男嬰被送到醫院時，嘴角流血，左眼瘀腫，身上處處瘀傷，已經沒有呼吸、心跳，昏迷指數僅有3，幾近腦死，立刻進入加護病房急救，但醫生認為，小男嬰即使存活，也可能成為植物人，醒來的機率很小。

另外也是在台灣，屏東市有一對父母，父親為了要抱一歲多的女嬰，與母親兩人一個拉頭，一個扯腳，嬰兒在劇烈搖晃下，造成頸椎受傷死亡。

其他國家呢，英國伯明罕發生一起駭人聽聞的謀殺案，一名伊拉克庫德族裔的父親因為不滿女兒自由戀愛，在公眾場所和男友接吻，竟然與家族成員動私刑，親手殺了女兒，將屍體裝入行李箱，棄屍在後院。

實在很難想像，給予生命的父親，同時也是生命的扼殺者。該是

靈感無限

保抱的一雙手，卻充滿血腥。慈愛的父親，竟是狠毒的兇手！五倫中最重要的一倫，人間至性至情的親情，如今都已經崩潰瓦解，人間已經變色，還有什麼可以倚靠？

聖經裡天父的形象卻不是這樣，祂的門徒這樣寫著：「你們看那天上的飛鳥，也不種，也不收，也不積蓄在倉裡，你們的天父尚且養活牠，你們不比飛鳥貴重得多嗎？」

天父是如此慈愛，祂連天空的飛鳥都顧念，更何況祂所創造的人呢？祂稱我們為祂的兒女，祂說：「我已造作，也必保抱；我必懷抱，也必拯救。」還說，當祂的兒女「在一切苦難中，祂也同受苦難。」「他以慈愛和憐憫救贖他們。」 這樣的愛是何等的愛啊！

人間的父親有的慈愛，有的令人生畏，但有一位天父，祂以永遠不變的愛吸引我們，祂永不會讓我們失望。

陽光在心房

　　睡覺前，小兒子要求我一件事：「媽咪，您可不可以買Sunshine(陽光)給我，是真的Sunshine喔！我要放在我的心裡！」

　　我聽了只覺一陣悸動，原來上帝起初設立太陽是那麼重要，祂知道我們需要，我們需要陽光的溫暖與明亮，我們期待陽光在我們的心裡！

　　日前，英國劍橋大學對歐洲各國百姓進行「生活滿意度」的調查，調查結果顯示：全歐洲以丹麥人最快樂，義大利人最鬱卒，葡萄牙人和希臘人也敬陪末座。

　　這項結果令人跌破眼鏡。因為南歐義大利諸國是陽光燦爛的地方，住在那裡的人們應當是心情開朗，快樂舒暢的，怎麼會最鬱卒呢？相反地，北歐人包括丹麥，芬蘭諸國幾乎終年在黑暗的冬天裡度過，但他們竟是全歐洲最快樂的人。

　　原來，北歐人常有時間陪伴親愛的朋友和家人，他們的家庭生活十分愉快。此外，他們對政府和國家制度也有高度的信任，於是，他

095

們活得那麼自在，他們的心情當然比住在陽光普照地區的人更快樂。

　　這樣看來，心情好壞關鍵決定的因素不是外在的，外面陽光亮潑潑地，到處是綠意盎然，住在其間的人不見得就心情好。相反地，外面是冰天雪地，白晝短黑夜長，住在其間的人只要心裡有陽光，就會充滿歡喜與盼望。

　　怪不得主耶穌說：「我是世界的光，跟從我的，就不在黑暗裡走，必要得著生命的光。」原來最重要的是心裡的光，心裡的盼望，那光與熱足以勝過外在世界的幽暗與冰冷。若我們心裡有這位主，我們的生命就在一片光明裡，燦爛榮耀，毫無黑暗。

　　我輕輕地關上小兒子的房門，走到客廳，向窗外望，外面已經是那麼深的夜了，大地一片悄然，但我的心裡感覺一股暖意，心裡的太陽永遠照耀著，只因為主就在我的心裡。

上面太美了！

　　中國人說：「比登天還難。」但隨著科技的進步，人類「登天」早就已經不是難事。巴塞隆納太空專家就宣告，第一座太空旅館「星系套房」(Galactic Suite)預計於2012年開張，住房貴賓將可享受一天看到十五次日出的樂趣。

　　這銀河系最昂貴的旅館，住三天的代價是四百萬美元（約合台幣一億三千兩百萬元）。住進這所太空旅館的貴賓，每八十分鐘就繞地球一次，他們將穿著特別設計的魔鬼沾太空衣，在豆莢式的分離艙裡爬進爬出，像蜘蛛人一樣黏在牆上。

　　設計專家說：「如何讓賓客在無重力狀態上廁所，是我們最大的挑戰。還有洗澡的問題，如果他們在沖澡室洗澡，到處會充滿肥皂泡泡。」

　　另外，教育也能上太空，這劃時代的創舉是由美國一位太空教師芭芭拉‧摩根完成的。

　　摩根在國際太空站透過視訊方式，為美國愛達荷州的小學生上了

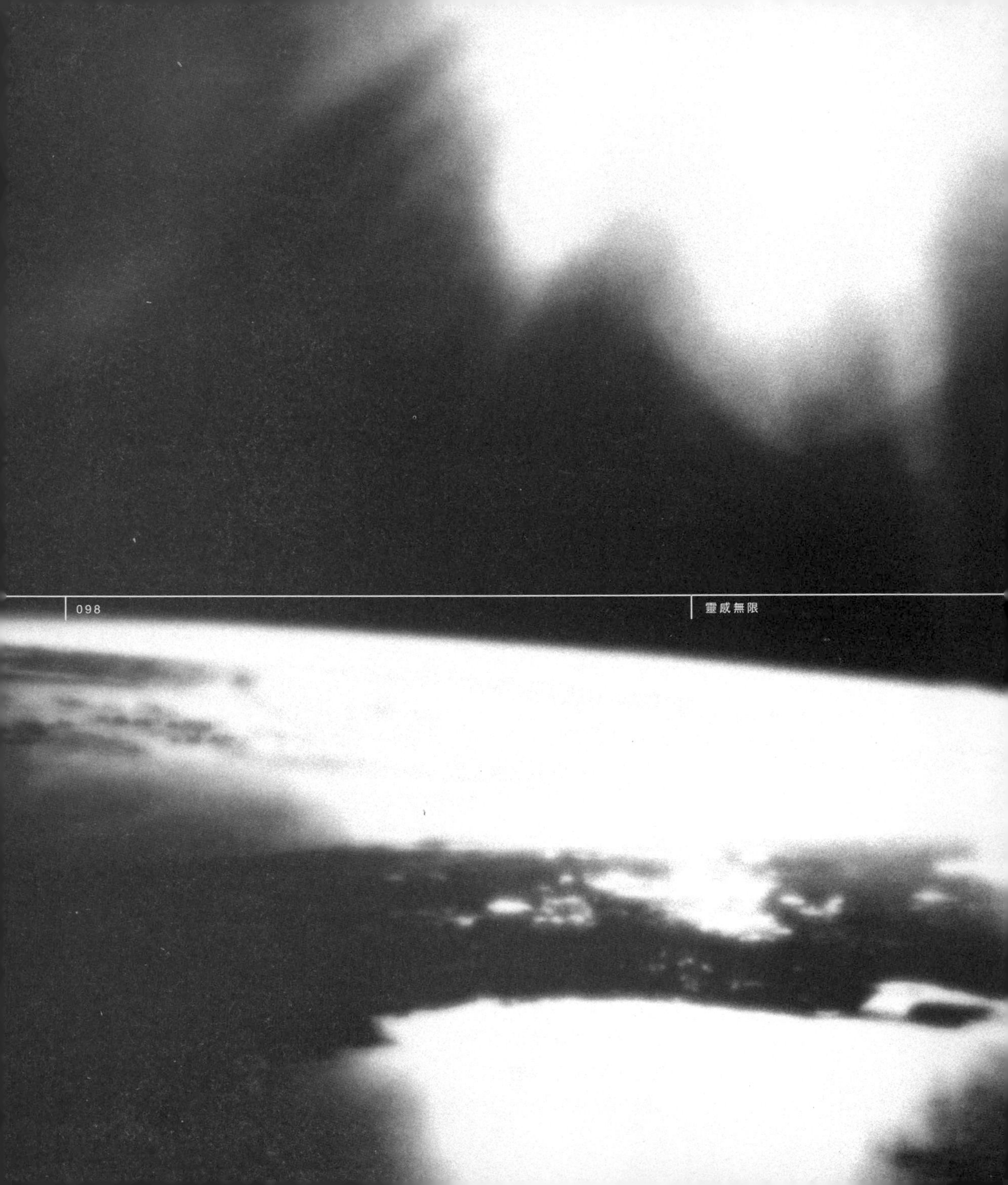

一堂二十五分鐘的太空課程。小學生們對於太空人如何運動，如何喝水都相當好奇，摩根還左右手各舉起一名男太空人當作啞鈴，讓學生們笑得前俯後仰。

自古以來，人們對浩瀚的宇宙就充滿了好奇與讚嘆。先秦莊子：「以天地為大鑪，以造化為大冶」。聖經中約伯論到神的創造也說：「他獨自鋪張蒼天，步行在海浪之上。他造北斗、參星、昴星，並南方的密宮；他行大事，不可測度，行奇事，不可勝數。」

正如全世界最高齡太空人葛倫上太空時的驚呼一般，他極其興奮地叫道：「上面太美了！」

我們不也曾在深深的夜裡，仰望一片星空，從心底發出這樣的驚嘆嗎？當人抬望眼時，怎能否認這美麗廣闊的宇宙是神精心所造的呢？

破銅與銅像

　　有一個故事是這樣的：有人在賣一塊破銅，那塊破銅實際只值九塊美元，但叫價的人不少，一哄一抬之下，竟有人出到二十八萬美元，令眾人咋舌。原來那位出高價的人是個藝術家，在場的人都非常好奇，為什麼一塊破銅，他出價那麼高？後來電視台把他請去，請他講講箇中原委。

　　他說：道理是這樣的，一塊銅的價值要看它被做成了什麼。一塊價值只有九美元的銅，如果被工匠做成了門把，價值就有二十一塊美元，但它如果被做成紀念碑，價值就暴增為二十八萬美元，這就是為什麼我敢出這麼高的價錢！

　　這位藝術家的想法激動了一位華爾街的金融家。他買下了那塊九美元的銅塊，把它製成一尊優美威武的銅像，紀念一位成功人士一生的事蹟。果然，這尊銅像價值三十萬美元！

　　一塊破銅，後來竟然成為人人景仰的銅像，九美元，竟暴增成為三十萬美元！這之中的道理何在？

很多時候，「價值」這東西很難講，「生命的價值」更有天淵之別，或輕如鴻毛，或重如泰山，這是為什麼古代俠義之士，為報答知遇之恩，不惜慷慨赴義。生命的價值在於你將生命獻給了誰？

　　主耶穌曾經坐在山頭，面對成千上萬的人講道，據聖經說：男人約有五千人。那一天，當密密麻麻的眾人飢腸轆轆時，一個小男孩貢獻出自己所擁有的五個餅兩條魚，這很可能就是他母親給他準備的午餐，他大方地獻上，沒想到這一丁點食物在主耶穌的手中，竟餵飽了萬人肚腹，還有剩餘裝滿了十二個籃子！

　　生命其實非常短暫，生命的意義更是難以捉摸，但是，可以確定的是，我們若能將生命獻給那位創造生命的主，祂是我們的創作者，祂對我們的生命有最完美的計畫，且將自己交給祂使用，祂必使我們的生命發揮最高價值，綻放出最亮麗的色彩！

顛覆

　　世界說：「以眼還眼，以牙還牙」。主耶穌說：「要愛你的仇敵。」

　　世界說：「人不自私，天誅地滅。」主耶穌說：「人為朋友捨命，人的愛心沒有比這個大的。」

　　世界說：「人生當築夢。」，主耶穌說：「當背起自己的十字架來跟從我。」

　　世界說：「要賺得全世界。」主耶穌說：「但若賠上自己的生命，有什麼益處呢？」

　　世界的君王出巡時威儀赫赫，排場驚人。主耶穌卻只騎著一隻小驢駒出場。

　　世界的神向世人無盡地索取，主耶穌的一生卻總是「給」，「給」，「給」。

　　祂給了祂的尊榮，以神子身分降生人間，由處女懷孕，經過十月懷胎，後來竟生在卑微的馬槽裡。

靈感無限

祂給了祂的剛強，成為人子之軟弱，一個小嬰孩，需要襁抱與呵護，後來甚至被君王追殺。

祂給了祂的尊嚴，傳道時多少次被人趕被人撐，被人厭棄被人議論，被人貼標籤，被人設陷阱。

祂給了祂的能力，在那邪惡的世代，祂多少次顯神蹟，叫瞎子看見，瘸子行走，讓世人明白祂就是那位救主，信心是接近祂最好的途徑。

祂給了祂的榜樣，祂以愛心接待罪人，與他們一同吃飯，甚至與他們同住，祂說：「人子來，為要拯救失喪的人。」

至終，祂給了祂的生命，在受審台前，在往髑髏地的崎嶇路上，在十字架上，這位主慨然將自己的生命獻上，當鮮血流下時，當天地變色時，祂大聲地喊著：「成了！」這宇宙間最偉大的一刻是救恩的開始，是人類命運的轉機，是黑暗歷史的曙光！

如今，有哪一位神的降生，以世界級的高規格來慶祝？有哪一位

神的生日有「普世歡騰」的榮耀與氣勢？又有哪一位神的墳墓是空的？主耶穌從死裡復活，向世人顯明唯有祂是道路、真理、生命，除祂以外，別無拯救！

作為一個母親

作為一個母親，你是上帝的代言人。大愛牧者就是你。你向他們指出何處是溪水旁，青草地。你指教他們如何禱告，接通了上帝與他們之間的連線網路，終其一生，他們會記得，他們除了擁有這個世界的親人之外，他們還有一位了不起的天父在乎他們，而且是隨時隨地看顧著他們。

作為一個母親，你是孩子們認識宇宙的導師，你指教他們天上的星辰，那是織女座，那是射手座，九大行星如何排列，日月如何交替，流星如何迷人，日蝕與月蝕到底是怎麼一回事。當一雙雙明亮的小眼睛往上望時，上帝瑰麗的創造就向他們開啟了，他們將以驚呼回應你的導引，並以感恩獻上讚美。

作為一個母親，你的一舉一動都映在孩子們的眼裡，他們是那麼崇拜你，那麼注意你，他們的夢想就是長大了以後要學像你。所以如果你是乖張的，他們就是乖張的；你是溫柔的，他們就是溫柔的；你喜歡讀書，他們就喜歡成天捧著書指指點點；你愛音樂，他們也能隨

時哼上兩段。這一切只因為親情是一面鏡子，他們就是你。

　　作為一個母親，孩子們所有的第一次你都有幸參與。第一次觸摸含羞草，第一次在雨中行走，第一次在陽光裡舞弄自己的影子。這一切是這麼地新鮮，你禁不住想，上帝必然因著孩子的快樂會心地笑了。而居於上帝與孩子之中的母親呢，就像是個藝術鑑賞家似的，多麼喜歡向人推薦這種無上的美感享受。

　　作為一個母親，你很難忘記孩子在你肚子裡孕育的神蹟。你經歷了上帝的智慧與巧工。這個小生命啊，竟然能從一個受精卵，準確地發展分化成為一個健全的個體，有完美的血管、皮膚、手腳、頭腦、心臟、絕對獨一無二的指紋、酷似你的五官。這一切都在上帝的掌控中進行，靜悄悄地，卻準備發出最大的巨響，在你的天地裡，在這個世界上，一個了不起的人就要誕生了。

　　作為一個母親，你絕對有權柄決定帶給孩子祝福還是咒詛，他們的一生上帝交給你來著色。是灰色大地？還是彩色世界？都在你一念

之間。把握上帝的特權，珍惜你的孩子，就這麼一次，倚靠上帝來完成你的使命，使他們快樂，使他們成材，使他們頂天立地，成為上帝手中的器皿，使他們的生命榮耀造他們的父神上帝。

生命之重與輕

　　那麼那麼地沈重，雙睫有如千斤頂，早晨怎麼也睜不開，車聲人聲鬧鈴聲都吵不醒他，因為這睡眠實在是太沈重了。但奇怪的是，我們決定買什麼，卻是輕而易舉的，小至買衣服買鞋子，輕鬆平常，反正我們生活優渥。大至買房子買鑽戒，簽起名來，也是神來之筆，飛揚輕盈。

　　說起心情，也常常非常非常之沈重。有一點點不如意，便想自殺！燒炭！割腕！自我了斷！同歸於盡！生命是那麼輕賤，可以隨意了斷。我們看不出來生命有什麼重要，我們這個人活著也沒多大意義，故此，生命歷程中一點點的重擔便把我們全然壓垮了，再也站不起來。我們如風中的蘆葦，搖搖擺擺。又像是門前的碎楷，懷疑究竟有誰在乎？

　　我們只看重自己的需要，輕看別人的呼求。自己的榮辱，自己的安危，自己的生死最重要，拼了命也要達到目的。至於其他人都算塵埃，我可管不著他們的死活。我就是我生命中的國王，其他人都是微

靈感無限

乎其微的一介百姓，誰在乎他們的眼淚？誰在乎他們那隻假裝顫抖的手？

我們在乎情慾，在乎感覺，不在乎真情，不在乎承諾。承諾？幾斤幾兩重？

那是過時的東西了，現在的人聰明了，理智了，當下的感覺最重要，彼此享受肉體最重要，愛情是風花雪月的東西，今天還在，明天就消失得無影無蹤了。婚約更是可笑至極，不知誰發明的，變成人類歷史的無稽傳統，丟不掉的包袱！

能夠重擊我們的到底還是金錢，是利益。這時代不談義氣，不談感情，不談伙伴關係，只要減少我的利益，使我的進帳短缺，我就絕對不能容忍。金錢比一切都重要，它是始，它是終，它是我存在的意義，沒有了它，生命只不過是個空蕩蕩的殼子！

但老實說一句：「我們並不快樂！」我們常常哀嘆「生命虛幻」，「生命無常」，「生命蒼白」。我們過著日夜顛倒，是非顛

倒，輕重顛倒的日子，我們覺得頭重腳輕，覺得整個人輕飄飄地，像一縷幽魂，又像是疲軟的橡皮糖！

《生命中不能承受之輕》一書的作者米蘭‧昆德拉說：「最沈重的負擔壓得我們崩塌了，沈沒了，將我們釘在地上。」

古代希伯來的詩人也早就發出如此哀嚎：「黑夜白日，你的手在我身上沈重，我的精液耗盡，如同夏天的乾旱。」

他思想這「沈重」，不得不承認：「我的罪孽高過我的頭，如同重擔叫我擔當不起。」

但上帝並未袖手旁觀。祂殷切地說：「把你的重擔卸給耶和華，祂必撫養你。」又說祂自己是「天天背負我們重擔的主」。

至於我們生命的價值，祂急切地說：「你們比麻雀還貴重！」「你們是重價買回來的！」

那「重價」是什麼？是神自己的性命啊！祂甘願捨了祂自己，將我們的生命買回來。

為什麼祂這樣愛我們呢？祂說祂不輕易發怒，且有豐盛的慈愛。

　　這就是原因了。這就是上帝之輕，上帝之重。祂輕看我們的過犯，以重價買贖了我們。祂的救恩早就預備妥當，讓一切想掙脫，想卸下重擔的人可以輕鬆過生活。

　　我們可以輕輕鬆鬆地享受祂的慈愛，輕輕鬆鬆地享受祂的豐富，輕輕鬆鬆地享受祂的引導。

　　孰為輕？孰為重？生命之輕？生命之重？我們像走高空鋼索的人，極度的驕傲，又極度的恐懼。重如泰山的是什麼？輕如鴻毛的又為何？我們在自以為的平衡裡早已失去平衡。搖搖欲墜。天旋地轉。

　　神就是我們手裡的平衡竿，引導我們走到平安的彼岸。

窗台上的花

　　我窗台上的花代替我生活在天地之間，風霜雨露，陽光普照，他們都一概接受了，沐浴在其中，綻放著笑容。

　　夜深了，我關燈的時候，他們的眼卻明亮了起來，看見滿天的星斗，遠處的，近處的，都在浩瀚的宇宙間緩緩運行。

　　夜裡，不論我睡得好，或是睡得片片斷斷，我的花兒都以婆娑姿影照著我，於是我便得了安慰，知道不論是星光或是陽光，幕後掌管的那一位一直都在，祂都在，祂在看顧著我。

　　現代人的樓房，保護了我們，但我們卻少了幾許仰望天際的機會啊！忙碌的生活使我們身形佝僂，繁雜的事務使我們腦汁絞盡，我們再也沒有這閒情逸致安靜在天地之間，安靜得只聽見自己的呼吸，和上帝的呼吸。

　　清晨，我起來，忘記了前一日的疲乏，我與窗台上的花兒見面，我以瓊汁澆灌他們，他們報我以款款微笑，這一日，我便如加足了馬力，可以奮力前奔。

靈感無限

正午時分，陽光熾烈，如千萬盞鎂光燈照著我和我的花兒，盡情享受著這宇宙之主的寵幸吧，我心裡想著。雖然炎熱，但是三千寵愛在一身的關注卻使我神迷，誰能擁有這一剎那黃金似的時光呢？陽光照耀之一刻，那光彩與榮耀勝似天下所有金銀財寶之集合，誰能買的著呢？誰能付得起這天價呢？

　　午后，這是一天之中最閒適的時候了，一陣風吹來，花兒欠身笑得咯咯地，日腳漸漸移動時，花與葉都有了瞬息萬變的姿影，映在斑駁的牆壁上，像是一幅古畫。

　　黃昏來了，月色蠢蠢欲動，我收拾了今天的心情，裹在茶葉裡，以開水沖泡，以一杯濃郁沁香的綠飲迎接夜晚的來臨。窗台上的花仍是亭亭玉立，夜如同白晝一般，仍是他們的舞台。

　　這是為什麼我總不忍睡去，在一望無垠的銀河之間，我竟化身花兒朵朵，四處遊盪。

生命NG？

　　如果人只有一次可以活，那麼我們的生命是不能NG，也沒有資格NG的。

　　演員拍戲的時候，說話吃螺絲，衣服穿幫了，或是表情做錯了，導演一句「NG！」全場停擺，倒退情節，再來一次就是了。

　　但是生命呢？當生命的導演喝令「NG」的時候，我們的生命極可能就結束了，光陰不能倒流，情節不能重演，一切都再也沒有機會了，生命的大舞臺上，演員不可能二次上場。

　　但許多人好像不明白這個道理，因此他們對生命可以那麼輕率，那麼隨便，那麼無所謂，看似瀟灑不羈，事實上卻是浪費糟蹋。生命在他們眼裡，幾乎不值一文。

　　任意地揮霍光陰，任意地對待自己，任意地對待別人。對他們而言，活著，還是死了，竟都是一樣，想來，這樣的生命活著也等於是死的。

　　這樣的人之所以如此，都是因為不明白生命的價值，不知道生命

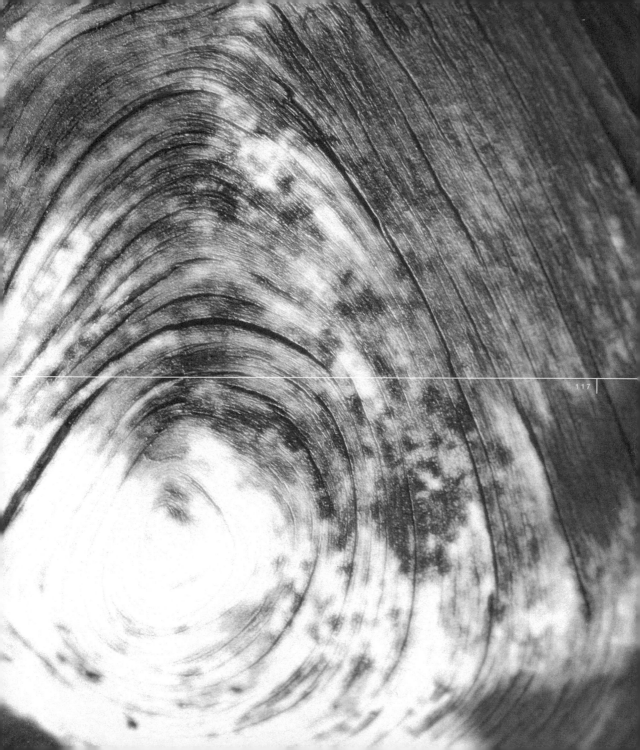

的意義，更不懂得掌握生命的方向。其實，每個生命都帶著上帝的美意來到世間，那位創造生命的主希望我們活得快樂，活得精彩，活得有意義。

蘇東坡的一首詩如此寫著：「此生泰山重，忽作鴻毛遺。」（「和陶詠三良」詩）意思是：生命如泰山般重要，我們該好好珍惜，不然，生命就會如鴻毛般掉落，被人遺忘了。是的，我們的生命承載著上帝豐滿的祝福，是尊貴的，是無價的。

對創造者這片心意，我們如果輕忽，吃虧倒楣的就是自己；如果，我們懂得感恩珍惜，懂得好好經營，那麼我們的人生就會綻放出亮麗奪目的色彩。

生命可不能NG，NG不是一種人生遊戲。